En el trabajo

Maestros

Tiempo

Seth Rogers

Asesora

Colene Van Brunt
Educadora de matemáticas
Escuelas Públicas del Condado de Hillsborough

Créditos de publicación

Rachelle Cracchiolo, M.S.Ed., *Editora comercial*
Conni Medina, M.A.Ed., *Redactora jefa*
Dona Herweck Rice, *Realizadora de la serie*
Emily R. Smith, M.A.Ed., *Realizadora de la serie*
Diana Kenney, M.A.Ed., NBCT, *Directora de contenido*
June Kikuchi, *Directora de contenido*
Caroline Gasca, M.S.Ed., *Editora superior*
Susan Daddis, M.A.Ed., *Editora*
Karen Malaska, M.Ed., *Editora*
Sam Morales, M.A., *Editor asociado*
Kevin Panter, *Diseñador gráfico superior*
Jill Malcolm, *Diseñadora gráfica básica*

Créditos de imágenes: págs.6–7 Frances L. Fruit/Shutterstock; pág.8 Amy Couch; págs.18–19 Tupungato/Shutterstock; pág.20 Fernando García-Esteban; todas las demás imágenes provienen de iStock y o Shutterstock.

Library of Congress Cataloging-in-Publication Data

Names: Rogers, Seth, author.
Title: Maestros : tiempo / Seth Rogers.
Other titles: Teachers. Spanish
Description: Huntington Beach, CA : Teacher Created Materials, 2019. | Series: En el trabajo | Includes index. | Audience: K to Grade 3. | Identifiers: LCCN 2018055930 (print) | LCCN 2019008265 (ebook) | ISBN 9781425823153 (eBook) | ISBN 9781425828530 | ISBN 9781425828530¬q(pbk.)
Subjects: LCSH: Teachers--Juvenile literature. | Problem solving--Juvenile literature.
Classification: LCC LB1775 (ebook) | LCC LB1775 .R6218 2019 (print) | DDC 371.102--dc23
LC record available at https://lccn.loc.gov/2018055930

Teacher Created Materials
5301 Oceanus Drive
Huntington Beach, CA 92649-1030
www.tcmpub.com

ISBN 978-1-4258-2853-0

Printed in Malaysia
Thumbprints.23398

Contenido

Un día en la vida

El Sr. Hawkins es maestro de primer grado. Vive en la ciudad.

El Sr. Hawkins toma el tren para ir a la escuela todos los días. El tren parte a las 7:00. Él lee un libro en el tren.

¡HAGAMOS MATEMÁTICAS!

El Sr. Hawkins llega a la escuela a las 7:30. ¿Qué reloj muestra cuándo llega el Sr. Hawkins a la escuela?

A.

B.

Comienza la escuela

¡Es hora de clases! Los estudiantes entran en el **aula**. Guardan sus cosas. Luego, leen sobre la alfombra.

¡HAGAMOS MATEMÁTICAS!

Los estudiantes leen sobre la alfombra hasta las 9 en punto. Encuentra todos los relojes que muestran las 9 en punto.

A.

C.

B.

D.

Al Sr. Hawkins le encantan los **deportes**. Juega al béisbol con su clase después del almuerzo. Luego, todos van a la clase de matemáticas.

Rules
Rule #3

La clase aprende cómo leer un reloj. Aprenden sobre las **horas** y los **minutos**. Hay 60 minutos en 1 hora.

Todavía trabajando

También hay trabajo después de la escuela. Es hora de prepararse para el día siguiente. El Sr. Hawkins **organiza** su escritorio. Luego, revisa los trabajos de sus estudiantes.

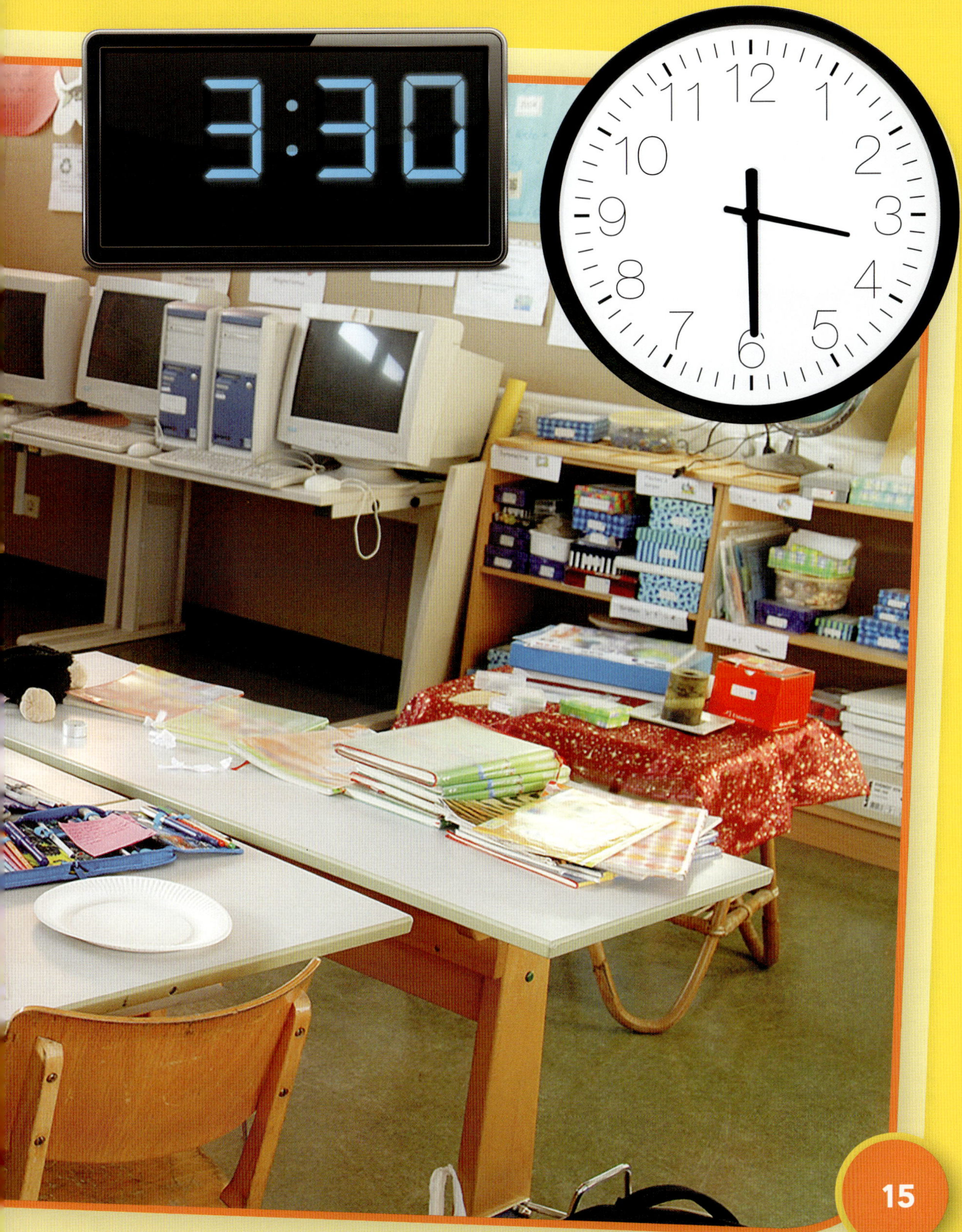
3:30

Después, el Sr. Hawkins hace copias. Escribe en cartulina. Se **prepara** para el siguiente día de escuela.

¡HAGAMOS MATEMÁTICAS!

El Sr. Hawkins trabaja en su aula hasta las cinco y media. Muestra la hora en un reloj analógico y en un reloj digital.

Hora de ir a casa

El Sr. Hawkins camina hacia el tren. Llega a casa a las 6:30. ¡Le encanta ser maestro!

Resolución de problemas

El Sr. Hawkins está ocupado en la escuela. Usa el tiempo para planificar su día. Dibuja y escribe los horarios faltantes.

	8:00	ocho en punto
1. 	:	diez y media
2. 	1:00	___ en punto
3. 	:	cuatro y media

Glosario

aula: un salón donde se dan clases en una escuela

deportes: concursos o juegos físicos en los que las personas compiten entre sí

horas: mediciones de tiempo que equivalen a 60 minutos

minutos: mediciones de tiempo que equivalen a 60 segundos

organiza: pone las cosas en orden para que se puedan encontrar fácilmente

prepara: dispone algo o a alguien para que esté listo para una actividad, propósito o uso

Índice

Soluciones

¡Hagamos matemáticas!

página 7:

B

página 9:

A y B

página 17:

Resolución de problemas

1. 

2. 

una en punto

3.